波濤双書

歌集

山村烈日

長澤重代

現代短歌社

序

順天終止形抒情

上野重光

今、ここに生きるということにおいて、見るもの、聞くもの、触れるもの、それらを感性のうちに引き受け、その直感を短歌として発信することができたら、ほんとうに幸せであろう。

この世のまぼろしが、うつつが、それははかないものではあるが、もしそれが造化の秘密を理解するひとによって歌に翻訳されるなら、読者は、こころのくらやみのうちを照らす光を受けたようにまことを知り、善を知り、美を知ることになる。短歌にはそのようなちからがある。そのような歌を読みたいと常々思っている。

土とともに生きる長澤重代さんの短歌を拝読して、これだ、と、まさに美の翻訳者の存在を知ったのだった。

いただきの細き梢にみかん切るわれごと揺りて富士おろし吹く
朝あけの空の蒼みを摑まむとする象（かたち）してみかん切りゆく
熟れしみかんに枝撓みゐるひとところ没（い）り際の陽を集めて明る
滑りゆくみかんの荷籠を目に追ひつつ架線のブレーキおもむろに支（か）ふ

温暖な静岡と言えどみかんを収穫する初冬の労働はきびしい。長澤さんのみかん畑は、南アルプスの前衛、安倍山系を背に、東北方富士山からの颪をまともに受ける庵原の丘陵にある。まして早朝、小柄な長澤さんは、大木というほどでもないみかんの樹の梢に縋りながら果実を収穫するのだが、富士颪は長澤さんもろともに揺さぶる。そこには富士颪の悪戯ごころを、それと知って楽しむゆとりが感じられる。常緑のゆたかな葉の間に、枝を撓わせるほどにみのったみかんを鋏で切るために、手を伸ばして枝を摑むみずからの姿は、朝明けの蒼空を摑むようでもあると、ここでも労働そのものを謳歌している。みかん切りの作業は終日続き、やがて夕暮時となる。切り頃を迎えたみかんは、よろこびを湛えるように夕陽を浴びて黄金に輝いている。丹精の結晶たる、この豊饒な輝き。叫びたいほどの歓喜が湧く瞬間である。

「御屋敷」とふ屋号を継ぎて清貧に生き来し父はも畑耡きをりぬ

今、実りの時を迎えたみかんは、かつて父親が、将来の実りを期待して改植したものだ。村では離農者が増えていたが、長澤家はみかん作りに踏みとどまった。そして今日の収穫がある。素封家の小史が叙事詩となっている。

茶を摘める人らにぎはひゐる峡の日暮れは杉の繁みより来る

茶畑を囲う杉並は、朝に光を透し、夕に闇を誘う。この「茶摘み」の連作を、羨望の思いを持って読んだ。筆者は、幼い頃に新民謡『ちゃっきり節』を耳にして以来、〈茶〉という語感を嫌悪するようになった。老妓の訛りを聞いて作詞したというが、座興のようにして作ったとしか思えない歌詞が、この地を象徴するかのごとく蔓延してゆくことに耐えられなかった。だから、茶の短歌の困難さを身にしみて感じていた。あの美しい若緑の畝を、あのふっくらとした純潔可憐な花を詠おうとしても、ついに詠えなかった。

が、長澤さんの歌は、詩人が撓めた〈茶〉という語彙・語感をみごとに浄化・純化させている。本来の静岡のお茶の魅力、お茶の美を取戻してくれている。今、長澤さんの茶の連作に対して、筆者にはなんの違和感もない。この一連が、遊興とは対極にある労働の賜物だからであろう。

茶の生葉袋に詰めて担ひたるわれを撓はせ山霧はしる

山霧が育てた新しい茶の芽。一枚の布のように広がる若緑。この茶の畝の彼方には残雪を輝かせる富士の峰。やわらかに詰めた茶の袋を担うこの歌人は、〈きゃあるがなくんで……〉などとは歌わない。詠うなら、こういうことになる。

核のよごれ国を分たず降る時しこの身屈めて畑の茶を摘む

歌人は、社会の動きをしっかり凝視している。茶の畝を往きつ戻りつする作業のなかで、こどもや孫たちの未来が幸せであることを願ってやまない。実に、福島原発爆発事故の直後、放射能は静岡の茶畑まで侵したのだった。静岡は浜岡原発が近い。ここに母として祖母としての心配が生じるのは当然のことである。

屍の上の平和も須臾にしてくづれゆかむか　日本はいま

日本国憲法は、戦争による屍と血の上に、二度と戦争を繰り返すまいという反省のもとにできたものであったが、多くのひとびとはすでにこの重い歴史を忘却しつつあり、憲法を粗末にし始めているのではないか、このままでは、また同じ歴史を繰り返すことになる……。「保護色」一連には、市民（シチズン）としての確たる見識がみられ、教えられるところが多い。

空気さへ重いと寝返りうつ夫の気息に合はせて暖房を切る
あたたかき日差しに出でて草を引く夫の背視野にミシン踏みゐる
春雨に草木うるほひゆく夜は髪をほぐして深く眠らむ

造船所で働く夫は、海底油田用のパイプなどの熔接を、退職するまで続けた。あまり丈夫ではなかった夫が、ある日突然心臓発作で倒れる。が、看病の甲斐あって元気になった。民謡が上手な夫は、かつて優勝したこともある民謡大会に出場するまでに回復している。自宅で病を養う夫を、ミシンを踏みながら見守っている。洋裁は長澤さんの天職である。婚礼衣裳の納期に追われることもしばしばだ。「今宵はゆっくり眠れる」という安堵が訪れる。やわらかな春雨が草木をうるおす夜。草木を潤してあげたいという長澤さんの思いが天に通じているようだ。

雨に散るうつぎの白き花溜り越えたる筈のかなしみ還る
野も山もみかんの花の香にたちて花の間（あひ）よりちちははの声
みかんの花しろく耀ふ枝先に触れたる風が花びら零（こほ）す

越えた筈のかなしみとはなんであろう。この時長澤さんは古稀を迎えた。亡き母の歳を越える。親子して大汗をかきながら畑を開墾した昔を夢に見る。その苦楽がかなしみとなって甦るのだ。

五月連休が終る頃、静岡に梅雨のはしりの糠雨が舞う。明るい空の下、野山の新緑を濯いでゆく。そのやわらかな糠雨は、みかんの花の香りを山から谷から運んで、街を包むのである。五月中旬は静岡において一年のうちで最も美しい季だと筆者は思っている。香りの源流に生きる長澤さんは、この時、ちちははの声を聞き、かなしみを抱きしめているのである。

夜毎おそく机に向ひゐる息子ひそかに羽根を整へゐるむか

ひとりにて展きゆけよと言ひ添へて見送る駅に風花舞へり
子の学資を補ひゆかむ張り持ちて隣りの街へ仮縫ひに出る
ふるさとを忘れてゐずや子への手紙にみかんの花の一輪を添ふ

子息の旅立ちにかかわる母の抑えに抑えた愛情。希望が自励となる。そしてみかんの花一輪。この慈愛が感応しないはずがない。こころは同じ秤に均衡するのである。

笹百合のごとくやさしき少女子を迎へて寒の一日明るし
子ら去りて夫とふたりの明け暮れに藤の花芽の色まさりゆく
夕光をひとしく負へる鳥の群一つの円となりて飛びゆく
敗け戦ふたたびあるな漲らふ葉月八日に初孫生れぬ

大学を卒業して教職に就いた息子は韓国の美しい女性と結婚し、二児の父となる。娘も結婚したため夫婦ふたりきりの生活だ。夕陽が遍満する空を悠々と行く鳥の群れに、息子や娘の幸せを祈る母。一つの円となる鳥の群に、人生円環の結び目をも見ている。戦争体験継承が叫ばれる八月、初孫が生まれた。祖母として、このまま平和が続いてほしいと願う。原発の安全神話を信じてきたことへの反省、放射能汚染への心配も、みなこの新しい世代への思い遣りから自然に生じてくる。

　豆電球ひとつ点して眠らむか夫の気息をかたはらにして
　夫を送りひとり遺れる屋敷内(うち)　菜の花の黄が風に波打つ

夫婦ふたりだけの明け暮れであったが、夫はやがて重篤となり衰弱してゆく。今は背を撫でてやることしかできない。細い息をつなぐ夫を朝まで見守っていたが、ついに別れの時は来た。
　ひとりにては生きがたい時もある。気丈な長澤さんは、みずからを奮い立たせて生きようとする。八十三歳にして山や畑に出て農作業に勤しみ、自然の耳打を聞き逃すことがない。鋭い感受性によって生じた内部衝迫をことばに転ずる。働きづめの人生だが、仕事に対して主人公たるアドバンテージを持っている。だから常に積極的で楽観的である。野良着をまとってみかん山に向かう。

みづからを励まさずには生きられぬ八十三歳野良着をまとふ
〈ハレ〉の気分で。

歌稿から抄出させていただいたが、終止形止めが圧倒的に多い。修辞は、措辞は……と問うひともあろう。が、長澤さんの歌は、自然や人事の「一期一会」を、ひと流れの「一期一詠」として、何の計らいもなく詠いこめてゆく。交渉の妙味というべきか、その実感の直叙法として、終止形止めが確然たる修辞となってくるのである。長澤さんならではの歌風だ。アララギ小児病に見る素朴な生活報告詠とは異なり、一首に象嵌された詩が光を放つ。歌調の有機性は、地水火風空にまつわるねんごろな生活の営みからくる。それゆえにどの歌も無理なくすっきりとした抒情を奏で、読者の五感に共鳴する。

天変を大地のもとに引き受け、ある時は耐え、あるときは歓喜の声をあげる。即ち長澤重代という歌人は、順天の無常を知るひとではないか、と筆者は思っている。

目次

山村烈日

みかんの村

いただきの細き梢にみかん切るわれごと揺りて富士おろし吹く

朝あけの空の蒼みを摑まむとする象(かたち)してみかん切りゆく

早穫(と)りのみかんは青く締りゐてびくを吊る紐肩にくひ込む

みかん切りの頭上とびゆく鳥の群われの言葉を攫ひゆきたり

熟れしみかんに枝撓みゐるひとところ没(い)り際の陽を集めて明る

しぐれ雲の峰に消ゆるを見てをりぬみかんの籠背負(しょ)ふ肩休めつつ

日の温みいつしか消えて凩はみかん切りゐるわれをも揉めり

色づきしみかんもいまだ青勲き晩生(おくて)もなべて夕闇の中

鏡なき山に幾日を過しゐて獣じみたる髪にかあらむ

北を指して星の一つが流れたりそれきり何も起らぬ夜更け

粗朶の火

南北に邑を分かてる高速道路　灯かげ乏しき北にわが住む

離農者の増しゆく村を嘆きつつ父はみかんの改植はじむ

みかん作りに踏みとどまるべくひもすがら土にまみれて古き木を伐る

草刈りの汗染み透る父の背にみかんの青葉がかげ濃く落とす

みかん作りに一生をかけて来し父の灼けたる頬に粗朶の火の映（て）る

立てるまま薬缶（やくわん）の水を呑む父の腰の高さに茄子の花咲く

頑に古稀の祝をしりぞけて檜の枝を打ちゐる父は

父の拳

有線にて摘果の怠り戒めつつみかんの村の朝は明けたり

木から木へ吹き移りつつ山あらし青きみかんの香を起（た）たしたり

枝先の固きみかんに弾かるる雨滴が砕けゆきつつ青し

山腹のみどり削ぎたる車みち斜めに雲の中へとつづく

草刈りの汗を落して夜祭りの蜜柑音頭の輪に入りゆけり

「御屋敷」とふ屋号を継ぎて清貧に生き来し父はも畑耡きをりぬ

子のひとり工学博士となれるがゐて父はますます農にいそしむ

誰よりも多く叱られ来しわれが父の拳の衰へを知る

西風に吹き煽られつつ飛ぶ鳥を見てゐてにはかに笑へずなりぬ

深ぶかと眠りゐる子の虫籠に蟬は明日への脱皮をはじむ

無気力に過ぎし一日を鎖(とざ)さむと立ちたる頭上に満月のぼる

バリケードを越えて

ふところに蛇を眠らせゐる森の暗き草生（くさふ）は踏み込み難し

収穫は期待できぬと言ひつつも肥料まきゐる路線予定地

買収地の価格争ひつづきゐて張られしバリケードを越えて陽は照る

七十路のいのちをかけて漉く和紙のかなしきまでに白きその冴え

霧まとふ風に解かれしネクタイを結び直して立橋くだる

さはやかに心保たむ日日なれば梅雨の晴れ間をカーテン洗ふ

常よりも踵の高き靴履きて視界展けるごとくに歩む

茶摘み

一枚となりて芽吹ける茶の斜面(なだり)　ときをり鴉が眼下をとぶ

向つ山の霧霽れゆきて尾根までもつづく茶畑の緑明るし

落ち水のいづくにかあり竹群の戦（そよ）ぎゆるめる刻の間きこゆ

核のよごれ国を分たず降る時しこの身屈めて畑の茶を摘む

茶の生葉袋に詰めて担ひたるわれを撓はせ山霧はしる

茶を摘める人らにぎはひゐる峡の日暮れは杉の繁みより来る

谷くだるわれに怯えし白鷺が翔びあがりざま水したたらす

奔放な地下茎ならむ谷上の茶原を抽きて筍伸びぬ

法外な銭（ぜに）

法外に地元に撒かれたる銭（ぜに）が採石反対の声を封じぬ

山帰りの積荷を呑みし魔の淵も埋めて採石の土砂は溢るる

岩盤をむき出しにして廃れたる採石場あと鳶よぎりゆく

魚の背の束の間見えて水蒼し二曲りして滝となる川

渓流にしろき花びらこぼしつつ今を限りと咲く山ざくら

米搗きの廃れし水車廻らねば刻の止まれるごとき山里

滝川のほとりの道にとどこほる竹のわくら葉を風が掃きゆく

現地詠（野外短歌会）

足もとの危険な坂を脱けてよりうしろの誰かが草笛鳴らす

みかん穫りの乱れし髪をやはらかく包む風あり若葉の匂ふ

恐らくは鴉が銜へゆきしならむ帽子の行方は麓の森か

山の窪に屋根を寄せ合ふ聚落のわけても広き庭持つがあり

人里を離りて住まふ一部落因つて来たるを語る人なし

皆がとりし夏柑麓へ降ろすべく満杯のコンテナ架線に吊す

滑りゆくみかんの荷籠を目に追ひつつ架線のブレーキおもむろに支（か）ふ

木洩日の差すと差さざるところありて滝一条の白さが違ふ

砕け散る瀑布のごとき情熱のいまひとたびの若さよ還れ

保護色

核兵器の持ち込みに議論分かるる日　日本列島は梅雨に入りたり

けだものの域を脱け得ぬ所作かなし核弾頭を誇示し合ひゐて

広島を　はた長崎を思ひつつ不穏な年の暑さ越えゆく

屍の上の平和も須臾にしてくづれゆかむか　日本はいま

幌かけて都心を運ばれゆく砲の車体も人も暗き保護色

曇り日の暗さとばかりは言ひ切れぬ銃砲あらはに装甲車ゆく

射程距離に納められたる日本のひしめく屋根の上の空澄む

髑髏（されかうべ）が座席を占めてゐるごとく見えて夜行列車通過せり

箱根はかつて地獄だつた

不揃ひの千切れし雨雲矢のごとく台風の目に吸ひ込まれゆく

いよいよに迫る台風真昼間の視界暗めて雨雲疾し

台風の最中小降りのときありて今ぞとばかり法師蟬鳴く

千年の樹齢重ねてなほ青き杉の秀絶えず雲を掃きゐる

葦繁る三途の川とふ池の面を疾る台風　逆波たてて

磨崖仏にまみえむと来し崖の縁（ふち）　雨の礫（つぶて）が首筋を打つ

道を這ふ木の根に蹉（つまづ）きたる人馬もろとも呑みて湛ふる池か

地獄池にただよふ霊を天界に吹き上げて箱根の濃霧は走る

パイオニア号進水

夫の汗も塗り込まれゐむ　貨物船パイオニア号のクレーンは皓（しろ）し

船台の三万五千噸の船側（ふなべり）が片蒼空を塞ぎて聳ゆ

大洋へ向けて構ふるスクリューに進水前の陽が差してゐる

進水の綱断たれたる一瞬を見守る頭上花火炸裂

蒼空をクレーンの占むるその下に小さく見えて人ら働く

一生（ひとよ）の誇り

残業に耐へ来し夫は健康とみなされたるや出張多し

手術の痕背にも腹にも持つ夫に造船場の風寒からむ

出世にはかかはりもなく来し夫の墨擦る音をさはやかに聴く

夜明けには未だ間のある暗闇に点して夫が墨擦る音す

朝暗きバス停に急ぎゆく夫の一足ごとに停年迫る

退職者には奨励金の出るといふ職場に今日も鉄を截る夫

行きづまる資源か男ら徹夜して海底油田のパイプを造る

離職の日の最後勤めて熔接の火花の飛びし作業衣洗ふ

袖のボタン外すひまなく倒れたる夫のシャツ裂き診察受けたり

空気さへ重いと寝返りうつ夫の気息に合はせて暖房を切る

生きてこそ真（まこと）のしあはせ来むものと温き午前の試歩を促す

死のふちを離れし夫と今日ありて全山さくらの花明り浴ぶ

あたたかき日差しに出でて草を引く夫の背視野にミシン踏みゐる

通勤の夫にと縫ひし四季の背広いまは着るなく長く患ふ

造船の鉄と取り組み来し夫の一生（ひとよ）の誇りが病む日日支ふ

優勝を飾りし記録もつ夫の出番に角帯ゆつたりと巻く

民謡を唄へるまでに癒えし夫の絞れる声を心耳にとどむ

つつがなく唄ひ終へたる夫がいま二歳の孫の花束を受く

春雨に草木うるほひゆく夜は髪をほぐして深く眠らむ

直立を保ちて青き葱畑にひかりさながら沫雪の降る

無明（むみやう）の闇

常よりも一足早き夏時化（しけ）に樹林崩れて根元を曝す

子ら遺し無明の闇を彷徨へる母に非ずや棕櫚に響（な）る風

雨に散るうつぎの白き花溜り越えたる筈のかなしみ還る

穭田（ひつぢだ）にいくつか積まれし藁塚を点景として涯なき地平

人間の声なき一日風除けの棕櫚を鳴らして山風通ふ

亡き母に逢へたる夢は開墾の汗の匂ひをのこして覚めぬ

あきらめも智恵の一つか滑るごと母の越えざる七十路に入る

野も山もみかんの花の香にたちて花の間（あひ）よりちちははの声

みかんの花しろく耀ふ枝先に触れたる風が花びら零（こぼ）す

しあはせのとどまり難きわれの手に山百合一本手折りて帰る

顔のない人ら行き交ひゐるかとも思ふ日昏れを瀬の音は響（な）る

二つのダム

日に二便のバスの運行も止まるとふ畑薙ダムに雪の日近し

ふるさとを失くしし人らの哀しみを集めて井川のダムに雨降る

新たなるダムの湖底に沈むとふ立ち退き跡に柿の実熟るる

吊り橋のある風景に幾度も出逢ひて渡る人影を見ず

いくつものダムを抱ける山脈（やまなみ）の谷あるごとに霧を深くす

人ひとり行き逢はざりし山里の日暮れ早めて寒き雨ふる

六百年継ぎ来し世世のかなしみを清（す）まして山茶花しろじろ咲けり

羽根を研ぐ子

夜毎おそく机に向ひゐる息子ひそかに羽根を整へゐむか

声に出さば祈りの消えてゆきさうな入試最中（さなか）をわれは服縫ふ

合格者の発表を待つ人の列に押し黙りゐて唇かわく

遠く来し電車の中の人混みに揉まれつつゐて孤独きはまる

貸し間ひとつ探しあぐねて開かざる弁当が饐えし臭ひを放つ

漸くに明るき部屋を借り受けぬ窓の正面に時計塔見ゆ

粉雪の横に流るる街を経て夕陽あまねきふるさとに来ぬ

ひとりにて展きゆけよと言ひ添へて見送る駅に風花舞へり

春あらし玻璃戸を鳴らしゆく音に目覚めてわが子に便りしたたむ

子の学資を補ひゆかむ張り持ちて隣りの街へ仮縫ひに出る

つつましく点してこの夜も学びゐむ子を思ひつつ針箱ひらく

ふるさとを忘れてゐずや子への手紙にみかんの花の一輪を添ふ

安全な道のみ歩ませたがるなと一枚きりの子の手紙きぬ

学問を究めゆく子に賭くる夢はかなかれども支へてゆかむ

東京の子の住む空も荒れゐむか夜更けて軒の矢車が鳴る

ブーメランを飛ばすやうにはゆかぬもの大学卒へむとする子を思ふ

夕凪ぎてゆけども寒し退く波の攫へる砂利の音聞こえくる

渡韓

大学の講師となりて韓国へ渡る息子の息災祈る

書き溜めし俳論といふを一束ねわれに手渡し子は離日せり

見送りは要(い)らぬと言ひて発ちし子の行方はろばろ夕茜空

邦人の一人も居らぬ学内に馴染みゆくらし子の声弾む

夏柑の送料一箱一万円を越ゆるもよしと子に送りたり

夏休みの帰国を告ぐる電話あり子のふるさとはわが守るべし

夏休みも半ばならむか　子の一時帰国を告げて明るき夕餉

初めてのワープロ打ちつつ幾たびも国際電話をかけて子に聞く

老いの手にワープロ打たむと仕様書を繰りつつ刻の移るを忘る

終日をかけてやうやく一枚のワープロ印刷出来あがりたり

日本海を隔てて住める子の地より吹きくるならむ凩を聴く

洛東河（なつとんがは）

来年は子の住む国を訪ねむと夫は病後の足馴らしゐる

渡航手つづき完了を告げむと持つ受話器　梅雨（つゆ）の湿りを僅かに含む

陽に皓(しろ)くひしめくビルの凹凸が釜山へ降りゆく機窓に迫る

片言の日本語まじへ水売りが涼しき音に子の瓶満たす

シベリアへ曾てはつづきゐし鉄路ビルの底ひのくらき虚(うろ)なす

悠久の流れゆたかな洛東河(なつとんがは)　植民地たりし悲しみを秘む

国境を越えて

照れながら子が唐突にみづからの婚を告げたり戊寅元旦

独身に終止符打つ子がやうやくにジーパン止めて背広を着込む

笹百合のごとくやさしき少女子を迎へて寒の一日明るし

国境を越えて相寄る魂のまことが築けり一つの家族

滝ひとつふところにして立つ山の雑木の翠そらに際だつ

乙女らに交りて大学卒業の嫁に贈らむ晴れ着を選ぶ

卒業に至る道程（みちのり）易からず幼子ふたり育みながら

支ふる手を振り切り登る滑り台一歳半の足踏みしめて

穏やかに譲ることをも覚えたり年子の兄のいまだ三歳

暖かき駿河育ちの子の任地　佐賀の真冬は身にこたへむか

瓶に挿す大根の花ひと夜かけ茎上向きに立ち直りたり

月夜の庭

かぐや姫さながら嫁ぎゆく娘（こ）かと月の明るき庭に佇む

忙しさに支へられ来しわが日日か春嫁ぎゆく娘（こ）の足袋洗ふ

ふんだんにレース使ひて娘に着せむウエディングドレスの裁断終る

雨あとの暁のそら晴れわたり文金島田の娘の嫁ぎゆく

娘の嫁（ゆ）きて英語の塾も閉ざされぬ落書ひとつ壁に残して

子ら去りて夫とふたりの明け暮れに藤の花芽の色まさりゆく

身一つに稼ぎたるもの子に注ぎすつからかんの夫いさぎよし

娘の離れゆきて虚しき手のひらに服地裁つときの鋏胼胝見ゆ

産声

予定日を過ぐるも生まれ来ぬ孫に釘付けされて折る紙の鶴

軀ふたつにならむと喘ぐ子の窓辺驟雨は青き雫を零す

夏草の匂へる闇のひとところ点して其処より産声あがる

産声の挙がれる一瞬その父が眼鏡の下をひそかに拭ふ

呑みて睡り覚めれば乳を欲りて泣く幼と共に夏を越えゆく

ものいまだ言へぬ幼と目の合へばからだ弾ませ迎へてくれぬ

敗け戦ふたたびあるな漲らふ葉月八日に初孫生れぬ

とりとめのなきわが世にし確実に系図を伸ばして孫育ちゆく

弁当工場

新幹線沿ひの夜陰に現はれて蝙蝠われのあと先をとぶ

工場へ通ふ近道穂田に鳴る夜明けの風を孕みて走る

挨拶を返さぬ人と隣り合ひて弁当工場の制服を着る

正確な量目に酢飯（すめし）を切る筈の機械がいつのまにやら狂ふ

サラダ盛る手捌き鈍りたるときにもの言ひたげな視線を浴びぬ

かげ口の常に流るる職場にてわが不器用も囁かれゐむ

いくたびか見て見ぬふりの苦しみに耐へて職場の和を繋ぎきぬ

冷却機を洗はむと上げし水圧にホースの先端が立ちあがりきぬ

本国に妻子もゐるとふ陳さんの出稼ぎに来てふた月経(た)てり

生野菜を決して食まぬ彼らなり黄河の流れをふるさとに持ち

五時間の工程終へて退社するわれと登校の児らと行き逢ふ

さかのぼる潮と落ちゆく川水のはざまに尺余の鯔(ぼら)がひしめく

夜勤明けの程よき疲れもろこしの葉擦れ聞きつつ眠らむとする

人間の手よりも早く

アラームに起こされ夜中働くも今日を限りの制服まとふ

ポケットに退職届けを持つ朝の声さはやかに挨拶かはす

人間の手よりも速く確実に寿司ロボットが稲荷（いなり）をつくる
大量にロボットが作る稲荷寿司（いなりずし）休む日のなく売り捌かれぬ
若からぬパート勤務の女性らが外食産業を支へてをりぬ

給料は叱られ賃と笑ひつつ寿司にぎりてはコンベアーにのす

流れ作業を終へて折しも遠富士の嶺雪染めて初日が昇る

退職のわれの別れの挨拶にブラジル二世の娘(こ)が涙溜む

雨あとの蒼き月かげ踏みながら職場帰りの自転車を漕ぐ
よろひ戸の隙間に朝の陽が差せど背骨とろけるまで眠りたし

刻(とき)を売る店

桟に浮く埃に一日眼をつむり納期の迫る服縫ひ急ぐ

戦なき豊かさにしていま絹の手触り柔し振袖を縫ふ

巣立ちゆくをとめの晴れ着縫ひあげて潔（きよ）き疲れに針箱をとづ

百合一本緋の鮮やかに開きたり服のデザイン練るかたはらに

切つ先のわが意のままに向く鋏布に研がれし光沢を持つ

仮縫ひの出張多く鍔広の帽子の顎紐しかと結べる

服の仕立間に合ひかねてゐる刻を露草は今日の花を閉ぢたり

アイロンの温み残れる洋服を手渡せるのち疲れの襲ふ

ネクタイを素早く締めて仮縫ひの客を迎へむ仕事場に入る

額縁の中なる母に見られつつ仮縫ひのためのピンを打ちゆく

慶弔のいくつを重ねゆく服か黒きドレスをていねいに縫ふ

夜を継ぎて縫ひたる服が人台に飾る間のなく受け取られゆく

われに来む明日を恃みて仕上がらぬ製図をひろげしままにて眠る

風凍むる夜の靴音わが裡に増幅しつつ遠ざかりたり

両袖を付けて仕舞はむ風落ちし夜更け音なく凍みゆく気配

それぞれのかなしみ持ちつつ眠りゐむ街をつつみて満月の照る

新しき柱に風の割るる音服のデザイン練るときひびく

葬りの線香にほふ手を洗ひウエディングドレスの仕上げにかかる

わが縫ひし対の背広を着るふたりフラッシュたかるる中を発ちゆく

わが縫ひし背広を着たる夫が今朝しばらく行きてふり返りたり

錆びし針すべてとり替へ出直しの一歩なるべし端座して縫ふ

縫製の一生（ひとよ）に曲がりし指先を揉みほぐしつつまた針を持つ

涼しげな服の柄なりわがための逸品としてデザインを選る

刻を売る店があるなら買はむかなドレス縫ひつつ納期が迫る

子育ての日日を支ふと働きて古りしミシンに油を注ぐ

日本のさくら

山の背に沿ひて明るむ花の帯平和の証しとわがふり仰ぐ

戦ひの貧しき日日に世を去りし母に一献花見の酒を

満水の池に片枝かたむけてさくら咲き輝(て)る雨後の日差しに

風波に吹き寄せられし花びらが池の汀を縁取りてゐる

差し交はす枝にむらがり咲く花の間(あはひ)を雨は条なして降る

少年の傘に降りたる花びらが回されながら遠ざかりゆく

うす紅の五弁くづれて折しもの風に乗るあり池に浮くあり

ダイオキシンの濃度危ぶむこの地表を弔ふがごと花吹雪舞ふ

編隊の飛行機雲が流れきぬ派兵の兆しを伴ひながら

ミサイルを迎へ撃つ国放つ国ともに一つの惑星に棲む

銃捨てて五十余年の歳月を積める日本のさくら咲き満つ

はなびらは無垢(むく)のかがやき持ちながら池の汀に散りつづけたり

一本の芽

関東の平(たひら)を飛ばし来る風を伴ひながら椙出でましぬ

創刊号を手に見届けてみまかりし大西民子のしづけき面輪

一本の芽となり春には萌えたしと遺れるみ歌に逢ひてさしぐむ

せせらぎに耳を澄まして立ち止る黄泉（よみ）よりのこゑ聴きし思ひに

在りし日の宴さながら地に春は回（かへ）りきたりて花びらの舞ふ

足尾銅山

鉱毒にさらされし山の荒涼を半ば覆ひて霧雲垂るる

坑道の入口塞ぐすすき原精霊とんぼが音もなくとぶ

夜気ふくむ風に騒めく草叢をつきぬけて鋭(と)き鹿の一声

渓いくつ越えたるところ鉱滓(くわうさい)の山あり墨の色して聳ゆ

砂防ダムの川幅埋めてほとばしる瀑布は秋のひびきを返す

光と遊べ

絵筆折りて征かねばならぬ若者の心とどめてをとめの裸像

洗脳の過程つぶさに見るごとく学徒兵らの遺書を読みゆく

生きる自由なくて畢りし学徒らの無念ただよふ遺作の並ぶ

おのおのの遺作にいのち吹き込みて無言館はありさくらの丘に

若き魂よ時には画布を脱(ぬ)け出でて朝(あした)みなぎる光と遊べ

道路網

霧常にまとふ山谷を貫きて第二東名の建設進む

底知れぬ檜の谷を揺るがして発破炸裂の硝煙あがる

買収の承諾得られぬ茶畑をよそにトンネルの貫通近し

立ち退きを余儀なくされし幾百の移住ひかへて変はりゆく邑（むら）

山裾に沿ひつつ蛇行する川を跨ぎて第二東名成りぬ

眼下の新東名を往き来する車みてをり鎌研ぎ終へて

霧あをく流るる渓を震はして新東名を車が走る

トンネルに入りゆく車来る車ともに嵐のあとの陽に輝(て)る

みかん畑に熊の足あと見てよりか背筋も寒く草を刈りゆく

狙はるるは鳥かけものか銃声が谷にこだます再び三たび

渓川を落ちゆく水の轟きをまとひて日がなみかんの草とる

鍬の柄を立ててひと息つくわれに稍（やや）距離おきて小綬鶏の鳴く

みかん畑の草とるわれの背に触れて疾（はし）る濃霧に野良着の湿る

屈まりて草とるわれと妹の間を埋めて山霧深し

草の穂わたる

草刈りの背をやはらかく包みたる風はみかんの花の香ふくむ

野苺のあかく熟れたる路くればこころ幼に還れる思ひ

猟犬の眼に射られたる一刹那わが足もとの不意に危ふし

若葉せる谿をまたぎてゆく雲が幾度も粗（あら）き雨降らしたり

畑畔（はたぐろ）のすすき刈らむと屈む背を直（ぢか）に真夏の太陽が炒る

除草剤を撒かずに耡(うな)ふみかん畑の尺とり虫が草の穂わたる

日盛りの山を渡りてくるゆゑかなまぬるき風ときをり混じる

自然淘汰

山の土になりきれざりし石ひとつ音たてながら谷を転がる

落石の幹うつ音のしづまりて谷はふたたび若葉のそよぐ

星形の白き五弁をこころもち反らしてみかんの花開きたり

自然淘汰の厳しさ秘めて段畑にみかんの白き花枝ゆるる

青葉闇に底ごもり鳴く杜鵑（ほととぎす）の潜める辺り夏柑熟るる

畑一面繁る雑草前にしてわれ一人（いちにん）の無力を思ふ

みかん山を崩す発破のとどろきと共に消えゆく父祖の足跡

伐採の及びし山を叩きたる雨は濁流となりて襲へり

響きつつ風に飛ばされゆく雨が裂けて烈しき飛沫をあぐる

荒びゐし雨風ゆるみ台風の目に塡(は)まりたる無気味なしじま

台風の抜けし安堵も束の間か思ひも寄らぬ人の訃をきく

芋の葉の破れて立てる野を染めて嵐のあとの陽が沈みゆく

みかんの四季

濁りなき白さにみかんの花咲けり青濃く茂る古葉の上に

雨の香を含める風が段畑のみかんの花枝音たてて揉む

夏の陽を遮るまでに繁りたるみかんの木陰に入りて鎌研ぐ

みかん畑の雌芝(めしば)薙ぎつつとめどなく目に入る汗を拳に拭ふ

かたはらの草に混じれるトリカブト致死量の毒を持ちて咲きゐる

台風の上陸までには間のあらむ屋敷つづきに唐黍（もろこし）を蒔く

冷害の危惧を孕みて降る雪が夏柑の黄を深めて積る

とめどなくしたたる汗も鋤き込みて日がなみかんの畑の草取る

一本づつねぎらひの声かけながらみかん間伐の鋸を当つ

汗に染む父の鋸わが継ぎて間引かむみかんの幹倒しゆく

みかん切る指の感覚なきまでに熱をうばひて木枯しの吹く

みかん切りに追はるる師走かごの荷をおろすはづみに背の骨が鳴る

年の瀬の風さむざむと響(な)る山の枝かいくぐりみかん切り出す

砂まじりの風にうなじを打たれつつ霜害みかん切り落としゆく

寒暖のはげしく拮抗せる二月生まれながらに険しきわが世

置き去りにされたるごとき昼の月照らず曇らず病む目にやさし

歯止めかける思ひに夫の床上げて菜の花わたりくる風入るる

作物の救ひとならむにはか雨土の埃を立てながら降る

水渇れて葉を落としゆくみかん畑今宵ふる雨音たてて降れ

日焼けせるみかんの割れてあまた落つ丹精次第といふ枠越えて

一夏のわが身の絞りたる汗に縞柄褪せし野良着をたたむ

運・不運瞬に分けたり帯状に雹害いでしみかんの畑

癒えしわがいのちのひびき聴くごとくみかんの畑の土起こしゆく

穂ばらみの稲

遺されし母の絣を纏ひつつ植ゑゆく田なり真昼陽温（ぬく）し

日を覆ふものなき稲田に蹲ひて稗抜く手もと泥土にほふ

雨後の陽のあまねく差して穂孕みの稲光りつつ昼となりゆく

稲の葉が縒(よ)れはじめたる真昼間を雷鳴ところを変へつつ迫る

補償金に縛られ作付けせぬ地(つち)をほしいままなる葦繁りゆく

飽食に奢る日本の到るところセイタカアワダチ田を占めて咲く

混迷の幾日わが経ぬ蒔き置きし大豆は双葉を割りて伸びゆく

目ん玉洗ふ

ミシン踏む足をゆるめて聴き入りぬ地上戦突入の臨時ニュースを

保育器の電力不足に凍死せる乳児幾百戦禍の中に

一切れのパンに群がるイラク兵を見てゐて敗戦のかなしみ還る

明日さへも見定め難き核の世の風に濁れる目ん玉洗ふ

信号を無視して走りたくなりぬ羅刹の足音聞くごとき夜半

北限の海

雲海を見おろす位置までのぼりたる機上のわれの膝に陽の差す

底知れず暗く淀めるスモッグに見えずなりたり子の住む首都は

サロマ湖を二分けにして落日の光の帯が渚にとどく

流氷の消えて温もる砂浜に紅あざやかなはまなす咲けり

北限の海風ようしやなきところ笹より低く水楢生ふる

にしん来よと今も残れる袋間(ふくろま)を浸して蒼き波寄せ返る

樺太をサハリンと呼ぶに到りたる無念を呑みてとどろく潮(うしほ)

風紋

浜風に研がれて円みをもつ砂丘母のふところに似てあたたかし

聖域に入りゆくごとくつつしみて風紋織り成す砂丘を歩む

風紋を避けつつ砂丘をのぼりゆく病後の夫のたしかな歩み

足跡に新たな陰を生みながら砂丘せましと児ら跳ね回る

巻きあげし砂のひびきを伴ひて浜辺に風の熄むときのなし

砂浜を幾曲りして来ぬ平行に靴と草履の足あとつづく

佇ちしまま化石となりてゆくもよし藍を湛へてしづかなる海

黒部峡谷

雪の壁の夏なほ深き谷間(あひ)をバスに越えゆく立山指して

分水嶺を越えたる頃かトンネルを出づれば流れ外海に向く

放たれてダムを墜ちゆく水柱しぶきは太き虹を生みつつ

雨衝きて走るトロッコに乗れるわれ濡れつつ黒部の谿を縫ひゆく

群青の山に幾すぢの滝を生み梅雨前線黒部を覆ふ

みづばせう露を含みて咲く沼地過ぎてふたたび氷雪の原

霧雲の渦巻く谷に垣間見し雷鳥ははや雪の色脱ぐ

人もわれも陰なく歩むカルデラの霧に呑まれて道見失ふ

さまよへる死者の言霊（ことだま）聴く谷の岩間に群れてチングルマ咲く

霧の中に見失ひたる老父母を呼びつつ火口湖の縁を経巡る

瀬の音を肴（さかな）にはやくも酔ひてゐる父なり幾度か眼を拭ふ

風孕み青葉ふくるる山間をトロッコの硬き椅子に揺れゆく

たちまちに青葉黝ずみ来し山の夕べを挙げて蜩の鳴く

長旅の疲れも見せず登り来し父母を写せり師の歌碑入れて

足早に過ぎにし月日「鷺の群」の碑面にいつしか青苔を生む

除幕式にまみえたる師のおもかげを呼びて佇む歌碑たつ丘に

いまあるいのち

縁側の雨戸を閉ざすこともなき暮らしに時のゆるやかに過ぐ

やむを得ず手放す山羊が啼きながら獣肉の値となりて量(はか)らる

半世紀つかひつづけて来し眼なり血を滲ませて泣きしもはるか

ヒトの遺伝子持つとふマウスの哭く夜か銀杏を削ぎて凩の響（な）る

六歳の遺伝子に成るクローン山羊生まれながらに六歳の顔

盗るよりは盗らるるるがましと言ふものの諸の収穫ゼロとは厳し

安らぎを求めて来たる山の沼さくらの蕾はひらくに間あり

いつの日か果たさむわれの夢に似てひらく間際の百合のふくらみ

声しぼりほふしほふしと鳴く蟬のいまあるいのちに耳をそばだつ

かつてなき響きをたてて降る雨に戦(をのの)くふたつのいのち寄り添ふ

ふるさとを離るる父が去り際にわれに託しぬ種の包みを

父の灯を点すがごとく託されし京菜の種を地におろしゆく

エンジンのかけかたも知らぬ噴霧器を父より継ぎて守らむみかん

大杉の根方に巣くふ蟻地獄虫には虫の殺戮あらむ

母を知らず母となりたる妹が添ひ寝に唄ふ声を低めて

おもかげを抱きて歩む巷なり疾風(はやて)が髪を逆だててゆく

朝光（あさかげ）を截る

東海を覆へる雨域走り抜け特急列車が朝光（あさかげ）を截る

山吹の黄の花点在する峡に枝を拡げて山ざくら咲く

雪解けの喜び知らぬわれの目を満たしてりんごの花びらが舞ふ

龍王の棲処に相応ふ龍泉洞低き岩壁伝ひつつゆく

空よりも蒼く澄みたる地底湖を深部に秘めてくねる洞窟

水蒼き地底湖を後に幾曲りゆけどもゆけども出口が見えぬ

新緑の尾根を透かしてゆるやかに朝霧流るまもなく霽れむ

釜石の広き街並みむかうから若き民子の歩きて来ずや

杉谷の石といふ石にみ仏の刻まれてあり飢饉を生きぬき

おしらさまに勝る情熱を歌詠みに向けたる師かと思ひ佇む

先生にまみゆる思ひの昂まりて歌碑建つこの地盛岡に着く

先生の母校の生徒のうた声は除幕終へたる碑面をつつむ

啄木につづける歌人民子師のふるさとここに語り継がれむ

啄木も宮沢賢治も頬ゆるめ「おお民子よ」と迎へをらむや

一途なる師弟の絆の結晶ぞ碑に刻まれしみ歌をなぞる

川沿ひをどんどこどんどこ行くといふこのタクシーにも賢治がゐたり

核の脅威

原発の仕組の危険度知らざれば平穏を常として暮らし来ぬ

放射能の危険区域につづきゐるこの空常と変はらぬ蒼さ

繁栄に酔ひ痴(し)れてゐて気づかざりき原発の持つ核の脅威を

文明の転換期かと放射能まみれとなれる日本を思ふ

放射能汚染を告げてゐるテレビわれも摘みたる新茶映して

放射能を浴びたる牛が屠殺へと一声のこし引かれてゆきぬ

畑仕事が常のこの身は低線量被曝といふを積みゆく日日か

汚染水の溜まれば漏るるをくり返す原発の危惧はてしもあらず

灯を消して外の面につづく闇のなか遠退く風を追ふ風のあり

耳敏き夫が捉へし雨の音やがて夜闇のなかに膨らむ

小手毬の白き花房活けあげてただささへ暗き雨の日を越ゆ

墨すりて竹ひと葉づつ書きゆけば心しづまりゆく雨の夜

徒長枝（とちやうし）

灯るごとみかん色づく段畑　夏の旱魃（かんばつ）辛くも越えて

みづからを励まさずには生きられぬ八十三歳野良着をまとふ

地下足袋の底より凍えくる指に力をこめてみかん切りゆく

みづみづと熟れしみかんを手にとりて記憶の中のちちははを呼ぶ

徒長枝と言はるるかなしみ負ひながらみかんの若枝蒼天（あをぞら）を指す

旅立ち

寝返りを打つとふ夫に手を貸して見守る夜更け木枯しわたる

豆電球ひとつ点して眠らむか夫の気息をかたはらにして

重患の仲間入りせる夫の部屋の入口常に開けられてゐる

一匙の粥さへ首を横に振る夫の覚悟の見えてかなしも

肋骨の溝深まれる夫の背を撫でつつ雨の寒き日暮るる

細い息をひたすら繫ぎゐる夫を見守るのみの夜は明け初めぬ

若からぬ旅立ちなれば乗りませとカードの白馬を棺に添ふる

額にふる月

夫を送りひとり遺れる屋敷内(うち)　菜の花の黄が風に波打つ

戦火逃れはだしの母を照らしたる同じ月なりわが額にふる

あとがき

拙いながらも、歌集の出版を節目にもう一度私の今までをふり返ってみて言えますことは、一途に短歌が好きと言うことでした。

人生の長い道程は決して平坦ではありませんが、どんなにつらく、悲しい時でも歌を詠み続けてまいりました。

私の村は当時八割が農家で、みかんとお茶を作っていました。この寒村をどうにか豊かにしたいと、私欲を捨てて走り回る父の赤貧の中で私は育ちました。その様な父でしたが、半面ロマンも秘めていて、富士の裾野の平地を求め、はいからな出作農もやりました。富士根と清水の四十キロを行ったり来たりの農作業でした。

その頃には、私も一人前とは言えないながらも働き手の中に数えられていましたが、まだ大人子供で裾野の櫟（くぬぎ）林の中を歩き回るのが好きでした。そこで、自分の村とは違う自然美を見つけたのですが、話すだけでは理解されないもどかしさに出会いましたとき、いつもくちずさんでいた万葉集の形を借りて、自分の思いを述べることが出来たならば、何時か大人にもわかってもらえるかも知れないと、重く深みのあるこの短詩形を目指して模索の一歩を踏み出しました。

そんな私を垣間見ていたらしい姉の恋人が、闇市で一山十円で買ったという本の中に「煮ても焼いても食えない奴が交じっていたから、あんたの妹にやんな」と言って二冊くれました。それが、私が初めて手にした今でいう歌集というものでした。

田舎育ちの世間知らずで、本が無い、本屋が無い、先生がいない。で進歩する筈もありませんが、歌への情熱だけは持ち続けていましたので、いつか短歌新聞を手にすることも出来、木俣修氏を師と仰ぐこともできました。

そして先生の教えの中の一つ、「単なる言葉遊びに作品の命をかけるべきではない」の戒めを守りながら、私なりの目標としてせめて、情景が目に見えるように描きながら、その中に自分の思いを投入できるようにと努めてまいりました。そして、競わず、あせらず、怠らずの姿勢を崩さずに。

そんな中、ゼロから出発した二人のサラリーマン生活は豊かだったとは言えませんでしたが、重苦しいものでもありませんでした。

夫の勤務先日本鋼管清水造船所への途すがら、洋裁学校へ通う私を、男乗り自転車の前に乗せて颯爽と風を切って走るのが毎日の朝の始まりでした。

やがて得た二人の子供を育てながら、夫はあこがれていた会社の民謡部に入り、帰宅後は書道と硬筆を学びつづけ、長じた子供から父の寝ている姿を見たことがないと言われるくらいでした。

また成人には程遠い私に漢文・活花・南画を教えてくださった柴田桃圃先生、当時公民館長の西ヶ谷悟先生、このお二人が郷土にいらして文芸の基礎を敷いてくださったからこそ今があると、生涯の師と仰ぎお礼を申し上げたいです。
夫の正書に、私が南画で覚えた裏打ちや表装をするのも楽しみの一つでした。夫はまた私の長い短歌人生の良き理解者でもあり、共に喜び常に支えつづけてくれました。それであるからこそ、二人の結晶のような歌集を夫の手に持たせたいと願って、病室の枕元で、食器を片づけた後の台を借りて立ったまま一首・一首と歌稿を書いていましたが、あと数首で完了するというとき願いもむなしく逝ってしまいました。
慌てて集めた歌なので、かなりの洩れのあるのを後で発見しましたが、それは私の日頃の怠惰で、いつものことかと夫も笑っているに違いありません。そんなこんなで、私の歌集は、芸術性を問うものではなく、夫光雄に捧げる歌集としたいのです。
この度の歌集出版に際しまして、波濤発行責任者の中島やよひ様には細部にわたってのご指導を賜わり、また労を惜しまずお骨折りいただきましたことは言い尽くせない程に感謝申しあげます。
また、葛飾にお住いの上野重光様には、非常に幅広い分野でご活躍のお忙しい中、身に余る序文をいただき嬉しい限りです。上野様には親子ともどもお世話になっていて、かねてより素晴らしいお方と思っておりましたので、病床の夫に序文をお引き受けくださったことを伝えますと、とても喜んでくれ、夫と共通のよろこびを持ったということが、ひとり遺されてしまった今救いとなり、支えともなってくれているのが嬉しいです。ありがとうございました。
また歌集出版を快くお引き受けくださり懇切丁寧に接してくださいました「現代短歌社」の社長道具武志様・今泉洋子様に心より御礼を申し上げます。
後になりましたが、私たち夫婦を囲んで、長いこと家族のように接してくださいました波濤静岡支部の皆様ありがとうございました。

長 澤 重 代

略歴

長澤重代
昭和５年２月静岡県清水市庵原に生まれる
昭和45年「形成」に入会
「形成」の終刊を経て平成５年「波濤」に入会
静岡県歌人協会会員
静岡市文芸協会会員
日本歌人クラブ会員

歌集　山村烈日　　波濤双書

平成26年８月24日　発行

著　者　長　澤　重　代
〒424-0114　静岡市清水区庵原町549-3
発行人　道　具　武　志
印　刷　㈱キャップス
発行所　**現代短歌社**

〒113-0033　東京都文京区本郷1-35-26
振替口座　00160-5-290969
電　話　03（5804）7100

定価2500円（本体2315円＋税）
ISBN978-4-86534-039-6 C0092 ¥2315E